Kurze Prosastücke

Georg Heym

Die Särge

Die Särge wohnten in einem kleinen Sargladen voll mit Gaslampen. Es war sehr zugig und kalt. Der Winter hörte in dem Laden nie auf. Und wenn draußen der Märzwind lärmte, dann wurde es im Laden November. Tote Blätter fielen ewig von oben herein, die sommers aus den morschen Balken gewachsen waren. Die Totenfrauen kamen zu Besuch. Man kochte Kaffee. Man unterhielt sich. Und die Leichentücher trockneten oben an dünnen Schnuren. Da waren öfters wunderbare Zeichnungen darauf, wo die Toten gelegen hatten. Kleine blaue Inseln, Kontinente, voll von Buchten mit Schiffen. Die Tücher wurden niemals trocken. Sie hingen wie große graue Himmelswolken an der Decke. Es war eine salzige Regenluft. Und eine Lampe hing darin wie ein großer Mond, an dem die Gewitter vorbeistürmten.

Der Ladeninhaber war ein uralter Mann. Er hieß Fakoli-Boli, oder Leben von tausend Jahren. Und sein Bart war so lang, daß er immer mit den Schuhspitzen darauf herumtrat. Wenn er frühmorgens in Unterhosen in den Laden kam, sagten die Särge ihm einen guten Morgen und klappten ihre großen Kinnladen auf und zu. Denn sie waren hungrig. Und dann nahm er die toten Ratten aus der Ecke, dort wo das Rattenkönigreich begann, (denn die Ratten können nichts Totes in ihrem Lande haben, und darum werfen sie ihre Gestorbenen immer über die Schlagbäume der Reichsstraßen) – und warf sie in ihre offenen Schlünde. Während sie verdauten und behaglich wiederkäuten, ging er wie ein Tierbändiger durch ihre Reihen, streichelte ihre großen braunen Leiber und sagte »wartet, wartet, bald gibt es mehr. Wartet. Wartet.« Und die Särge erhoben dankbar ihre großen silbernen Füße, und kratzten ihn wie Hündchen an seinen Unterhosen, und bei seinen Lieblingen – ein paar ganz kleinen Kindersärgen, die erst vor ein paar Tagen geboren waren, bückte er sich tief herunter, daß sein Bart die Kleinen ins Gesicht kitzelte, und sie zwinkerten wie kleine Katzen mit den weißen Augenliderchen, sagten: »Großpapa«, und gaben Pfötchen. Dann nahm er sie in seine Arme, schaukelte sie hin und her, bis sie wieder eingeschlafen waren. Und die ganz kleinen gab er den alten großen weißen Wöchnerinnen-Särgen an die Brust. Und wenn die kleinen Särge den Leichensaft aus deren Holz schmatzten klang es wie Musik und es war ein schönes Familienbild aus der norddeutschen Tiefebene.

So ging es Tag für Tag. Es konnten schon hunderttausend Tage vergangen sein, oder auch zehn. Ab und zu wurde einer der Särge fortgeschickt, um einen Toten abzuholen. – Aber es war immer sehr langweilig, – wenn die Trauerleute mit ihren schmutzigen Füßen und verweinten Gesichtern in den Laden kamen, und um den Sarg handelten. Die Särge waren dann sehr böse. Jeder drückte sich möglichst in die Ecke. Aber schließlich wurde doch einer genommen. »Ich möchte genau so einen wie bei Ramumpa-Mumpa, wissen Sie, wo die Großmutter starb, wissen Sie, die über sieben Jahre gelebt hatte, wissen Sie, die mit dem Orden für das lange Leben, der ihr nachher in die Gurgel eingewachsen war, wo soviel Dreck war, weil sie sich niemals gewaschen hat.« »Ach ja, so einen. Aber wollen Sie nicht lieber einen, wie bei dem Schaloila-Loilas. Der alte Präsident ist damals gestorben, der König ist noch selber mit zum Grab gegangen. Als er wiederkam, war an seinem Thron ein Stuhlbein zerbrochen, die Maden kamen schon an der anderen Seite wieder heraus, und hatten ganz staubige Barte. – Und nach drei Tagen war er tot. Und ich habe auch den Sarg geliefert, da oben auf dem Brett, so einen wie den mit der Krone und den allegorischen Darstellungen, vom Tod als Hirten, vom Tod als Feuermann, vom Tod als säendem Engel – alles aus der Bibel mit Sprüchen.« – Gott, das ging so ewig weiter und die Särge hätten sich gern die Ohren zugehalten. Aber das ging nicht. Das wäre gegen ihren Vertrag gewesen. Der § 8 lautete.

((§339 und §340 B.G.B.))

Jeder Sarg hat während der Besuche von Personen aus dem Publikum – ausgenommen die Familie Palipa-Lipas und Klikli-Liklis – (welche die Totenfrauen und Leichenwäscher stellten und Schmiergelder erhielten – Anmerkung des Verfassers) absolutes Stillschweigen zu bewahren bei einer Konventionalstrafe von tausend Mais- und siebzig Hirsekörnern. –

Endlich wurde dann ein Sarg vorgeholt. Er brummte gewaltig. Und die Leute sagten: »Der knarrt ja so.« »Ach, das ist nur eine optische Täuschung. Sie haben zu schlechte Ohrgläser.« Sagte der Ladeninhaber. – Schließlich lag er draußen auf dem Leichenwagen unter dem schwarzen Baldachin, winkte noch einmal mit dem Taschentuch – und verschwand. Dann kam er in das Trauerhaus, wo es nach Weihrauch stank. – Eine nasse Leiche wurde in ihn hereingelegt. – Man behandelte ihn jedenfalls äußerst roh, und entblödete sich nicht, große Nägel quer durch seinen Schädel zu treiben. Mit einem Gedonner, daß ihm die ganze Hirnschale knallte.

Später lag er eine Zeitlang mit dem Toten in der Erde – manchmal machte er noch ein bißchen Krach – besonders wenn es ein Scheintoter war, der ihm von innen die [Haut zerkratzte]. Scheußlich war das. – Dann wurden die Toten verdaut, was manchmal einen ganzen Winter dauerte, an der Leiche des Stefan George war sogar zwei Jahre gekaut worden, denn sie war so hölzern und dürr, daß der betreffende Sarg schon glaubte, sie hätte ein jahr der seele verschluckt.

Die Pest

Mit einem Schlage brach die Pest aus. Keiner wußte, woher sie gekommen war, keiner wußte, in welchem Hause sie ausgebrochen war.

Die Europäer merkten es zuerst daran, daß die roten chinesischen Totenlampen in einer Nacht viel zahlreicher als sonst vor den kleinen Schuppen brannten, die die Himmelsstraße umrahmten, die wie eine breite weiße helle Straße durch das Gewirr zahlloser dunkler Gassen der Eingeborenenstadt Charbin hindurchlief.

Einem russischen Oberst passierte es, daß der Kutscher seiner Troika plötzlich im Fahren hintenüberfiel, in den Schlitten hinein, gerade auf den dicken Bauch des Obersten. Und als der Oberst seine Knute nehmen wollte, um den betrunkenen Kutscher zur Vernunft zu bringen, sah er in ein paar glasige Augen, die der Schrecken des Todes weit aufgerissen hatte. Und ein schrecklicher Atem des Todes quoll ihm aus dem weit offenstehenden Munde entgegen. Der Kutscher röchelte noch einige mal schwer im Stroh des Schlittens, dann richtete er sich mit einer letzten Anstrengung halb auf, schluckte ein paarmal, und dann spie er auf den grauen Pelz des Obersten eine schwarze, dicke Blutwolke, einen großen, breiten giftigen Brodem, seine ganze Lunge entleerte sich in dieser schwarzen Masse. Und er fiel in das blutige Stroh des Schlittens zurück.

Das Blut gefror sofort auf den Handschuhen, und dem dicken Pelz des Obersten.

Der Oberst war in das Kasino seines Regiments gekommen, außer sich, er hatte alle Leute von sich gejagt, er schrie wie ein Wahnsinniger in einem fort. Die Ekstase des Schreckens hatte ihn übermannt. Nach einer halben Stunde war er quer über den Eßtisch hingeschlagen, er hatte im Fallen das ganze Tischtuch mit sich gerissen, und das Blut, das ihm aus der Lunge ausbrach, vermischte sich mit den Speisen, die lustig in dieser warmen Brühe umherschwammen.

Als die Offiziere ihn hinfallen sahen, wichen sie alle zurück, keiner rührte ihn an, einer drängte den andern heraus. Draußen stürzten sie sich auf ihre Schlitten, und fuhren davon; sie ließen ihre Kutscher auf die Pferde einschlagen, um dem Tode einen Vorsprung abzugewinnen, der hinter ihnen herjagte, auf einem schwarzen Klepper, dessen Geschirr wie kleine Glocken in ihren Ohren klingelte. Keiner sah sich nach dem andern um, alle waren stumm vor Entsetzen. Und wo ihre Schlitten auf dieser verzweifelten Jagd durchkamen, da sahen sie Tote liegen, die eben gefallen waren, krepiert auf der Straße, mitten auf der Straße krepiert, und die Schlitten fuhren drüber hin, und das Blut der Gefallenen spritzte an den Kufen aus. Gegen den Abend, um fünf Uhr waren die Straßen Charbins wie ausgestorben.

Kein Schlitten fuhr mehr über den Korso, keine russische Uniform zeigte sich mehr. Keine von den Weibern aus dem Tingeltangel ließ sich mehr sehen. Und in dem weißgelben Abendhimmel, der vor Kälte zitterte, erschien wie eine schwarze Wolke das Haupt der Pest, das mit einem unhörbar grausigen Lachen Besitz nahm von Charbin, dem großen Charbin, der Metropole der Steppen, dem lustigen Paradiese des Lasters.

Die Bleistadt

Bum. Ein schrecklicher Paukenschlag zerriß die Luft, und wie eine große, feurige Rakete stieg der gewaltige Mond auf. Er war wie eine große kupferne Schallplatte an der Wand eines riesigen Tempels. Und er glitt in die schwarzen Wolken, wie ein rotes Gelächter, das über das schwarze Gesicht eines Würgeengels huscht.

Er beschien die weiten unendlichen Wüsten, in denen die Türme der bleiernen Stadt, vom Mond klein und eingeschrumpft wie kleine dürftige Gewächse, verschwammen, und vor den Augen der Wanderer in der dünnen Luft zitterten, als hätten sie die Lichtwellen des Mondes in eine geheimnisvolle Vibration gebracht.

Das war also das Geheimnis der Wüste. Dann hatten die Winde Jahrtausende die glühende weißköpfige Savanne, die großen Sandberge, die riesigen Dünen immer höher geblasen, immer kahler gebrannt, immer schrecklicher erhitzt. Darum trockneten alle Oasen aus, darum war das Wasser in den Schläuchen der Kamele so brackig und stinkend, wie Sumpfwasser geworden.

Ihre Führer waren in der Irre gerannt, blind und toll, verfuhrt von Irrlichtern, falschen Zeichen, seltsamen Verrückungen der Sandberge. Einige der Tuareg waren wahnsinnig geworden, sie hatten sie im Sande verloren, einige waren wie von geheimnisvollen Stimmen gerufen, plötzlich aus den Reihen des Zuges gebrochen, sie waren halsüberkopf in die Sandtäler heruntergeritten, man sah sie noch manchmal auf der Kuppe einer fernen Düne auftauchen. Dann waren sie in der Wüste verschwunden. Und die Karawane erstarrte vor Schrecken. Einige waren plötzlich erblindet und griffen mit ihren Händen in die leere Luft, die andern weigerten sich oft, sie weiterzuführen. Und sie hatten sie nur vorwärts treiben können, indem sie ihnen die Gewehre auf den Hinterkopf aufsetzten. Die Stadt hatte sich mit einem unsichtbaren Wall von Zaubereien umgeben, und die Himmel, durch die sie zogen, waren wie große gläserne Mauern, die das letzte Geheimnis des schwarzen Kontinents behüten sollten.

Manchmal waren ihre Füße wie angenagelt gewesen, manchmal überfiel sie ein unnatürlich langer Schlaf. Und entsetzliche Träume jagten sie nachts aus den Zelten.

Manchmal schien vor ihren Augen der ganze Himmel zu brennen, und wie eine ungeheure Sonne furchtbare Protuberanzen in den Zenith zu schleudern. Dann brannten ihre Adern vor Glut und traten wie dicke blaue Wülste aus ihren Schläfen. Und die Wüste wurde immer einsamer und endloser. Die Karawane kroch wie eine weiße Schnecke die Sandberge herauf und herunter, bergauf bergab, in einer schrecklichen Monotonie. Und das ewige Rinnen des Sandes schien in ihren Ohren manchmal wie ein unterirdisches Donnern zu wachsen.

Wie viele waren gestorben. Sie wußten es nicht, zuletzt gaben sie sich überhaupt nicht mehr der Mühe hin, die Umgekommenen zu zählen. Man beerdigte sie auch nicht mehr. Wenn einer tot aus dem Sattel fiel, so blieb er liegen, wo er gerade lag. Die andern ritten mit stumpfen Augen über ihn fort, und sein Blut vertrocknete auf ihren Sätteln. Ihre Haare wurden weiß, ihre Stimmen wurden trocken, ihre Erinnerungen verloren sich, es war ihnen, als wenn auf ihnen große gelbe Vampire säßen, die sich auf ihren Schläfen schaukelten, und ihren Mund, der wie ein dünner Elefantenrüssel war, senkten sie nachdenklich zwischen die Spalten ihrer berstenden Schädel.

Große, weiße Vögel zogen manchmal in wilden Schwärmen über sie dahin, woher kamen sie, wohin flogen sie.

Manchmal hörten sie hinter den Sandbergen, die im Abendrot versanken, den wilden Ton einer kriegerischen Musik, wie tausend Trommeln, manchmal tauchten aus dem vor Glut zitternden Horizont riesige Untiere auf, wie große weiße Elefanten, die mit einem Schlage wieder verschwunden waren. Und die Zeit ihrer Reise dehnte sich immer endloser und endloser aus, wie ein weißer Faden liefen die Fäden ab aus dem Bauch einer großen weißen Spinne, die zu ihrer Seite hinschwebte, wie eine riesige weiße Wolke. Die rastete, wenn sie rasteten, wanderte, wenn sie wanderten. Und ihre Nähe bedrückte sie, sie wagten nicht hinzusehen; wenn sie manchmal den Kopf wandten, um verstohlen nach ihr hinzusehen, war sie fort. Da war nur ein großer, rätselhafter weißer Fleck in der brennenden Luft. Aber wenn sie sich umdrehten, dann war sie wieder da, und verfolgte sie, blutsaugerisch, wachsam, unablässig. Und sie fühlten ihre großen, roten Glotzaugen in ihrem Nacken, wie den kalten Saugarm eines aufgedunsenen Kraken.

Es kam ihnen manchmal so vor, als wenn sie ewig im Kreise herumzögen, jahraus-jahrein, unter demselben Himmel, auf denselben Kreislauf verbannt, wie Satelliten eines geheimnisvollen unsichtbaren Gestirns, das sie in seinem Bann hielt, und sie um sich herumschwang, wie ein Gaukler, der eine Kugel um seinen Kopfkreisen läßt.

So zogen sie dahin, an einem ewig gleichen Himmel vorbei, in den sie ihre Silhouette einschnitten, zwischen Morgen und Abend.

Sie vergaßen fast ihre Namen, ihre Sprache schränkte sich auf die einfachsten Ausdrücke ein, ihre Sinne sanken unter, in sie hinein, wie betäubt von einem ewig brausenden Wasserfall.

Eines Morgens wachten sie auf, in dem Grund eines versandeten Tales. Sie waren allein. Ihre Führer waren fort mit allen Kamelen, nur einige wenige Wassersäcke lagen noch im Sande herum.

Und die Wächter der Führer lagen mit durchschnittenen Kehlen im Sand. Und das weiße Siegel des Entsetzens war auf ihre Stirnen gedrückt.

((Jetzt gehen sie zu Fuß weiter. Sie hören einen Wagen rollen, sie sehen Pferde.))

Skizzen

Weiß und Violett. Farbe der Krankheiten. Ein weißes Mädchenhaar, offen um ein weißes Gesicht herumgegossen, in einem Kranze von Nachtschatten, der wie der siebenarmige Leuchter zu ihrem Haupte steht. Auf der mittelsten Blüte sitzt der kleine graue Vogel, die Fledermaus des Todes. Sie wartet bis die Sonne fort ist, um mit dem scheußlichen Leder ihrer Flügel das Gesicht der Sterbenden zu bedecken.

Nachmittags um vier erscheint in einem Schnee-Meer der Wolkenwalfisch. Er hat einen großen Rüssel wie ein Elefant, und schnobert in den Krippen der Wolken herum.

Dann kommt er auf mein Fenster. Ich unterhalte mich mit ihm in der Furchi jorchu Sprache, die die Menschen mit den weißen Mausköpfchen sprechen, dort oben in den unentdeckten Eispalmenhainen der Insel Boothia-Felix. Manchmal legt er sich schlafen auf die großen, tausendjährigen Pappeln, die um den See stehen. Dann kommen die grünen Papageien und fressen die Würmer aus seiner Haut. Manchmal wird er auch ganz klein, wie ein kleiner blauer Wurm. Himmelblau wie eine Indigoraupe, purpurn und goldig, als trüge er die Sonne in seinem Leib.

Er hat mir versprochen, er würde L. W. verschlucken, denn ich liebe sie zu sehr.

Ich werde in meiner Wohnung einige Hampelmänner halten, die ich eine besondere Sprache lehren werde. Denn wir sind zu gut, um uns zu unterhalten. Ich werde ihnen mit Kohle schwarze Augen malen, die sie nie schließen werden, denn sie sollen wie die Fische schlafen in dem Tang meines Sofas, in dem grünen Schatten, den der Mond in den Zimmerecken erbaut, tief wie in einem grünen See, und jedem einen Phallus geben, grün, von einem Kohlstrunk, in dicker haariger Wolle. Damit werden sie mich ins Ohr kitzeln. Sie werden an meinem Bette Wachen stehen, und meine chinesische Lampe, die die Kaiserin Himeko in Pekche, Reich in Korea, für mich anfertigen ließ, wird auf ihre Glatze scheinen. O Himeko, alle Glasbläsereien von Korea rauchten. Und der Himmel wurde so weiß, und glasförmig wie Korea selbst. Er wurde wie eine kleine Glasglocke, dünn, seidig knisternd. Und die langen schwarzen Wimpern meiner Königin bestrichen ihn morgens mit einer feinen farbigen Tusche.

Ich beschloß mich verbrennen zu lassen, denn die ganze Straße war voll Geschrei. Und das Gelb der Kranken, deren riesige Backen aus allen Fenstern hingen, wollte ein Opfer. Wahrhaftig, sie sahen aus, wie riesige große Affen. Und ihre Maultaschen bedeckten drei Stockwerke. Wenn sie sich begrüßten, so schlugen sie ihre Stirn gegeneinander. Und die riesige Elephantiasis ihrer Backen bedeckte die Straße unten wie mit schwarzer Nacht. Wenn man unten stand, so hätte man ihre gewaltigen Ohrlappen für riesige fliegende Hunde halten können, die um den Mond stürmten mit einem Geschrei, das wie das Auskratzen von Töpfen klang.

[Aber, wo die Straße zuende war, waren die grünen Schilfriesen, blaugrün, und man konnte sie nicht ansehen, ohne geblendet zu werden. Ein Mann ging hindurch. Sein Kopf war eine riesige Soldatenflöte, die in seiner Luftröhre stak. Und wenn er atmete, sang die Flöte. Und sie sang: Ognibene – Caracosa.]

Hört ihr, wie der Wind pfeift. Ihr habt eine kalte Faust, Wind. Ihr setzt rote Nasen auf.

Kurzum, habe ich nicht recht Herr Mond, Herr gelber Puffärmel, Herr Laterne, Herr Einauge.

Ihr seid auf den Tisch geworfen, wie ein Eierkuchen.

Ach Ihr, Ihr bleibt immer blank, immer klar. Ihr wäret vielleicht schon einmal grau, wie ein Streusandglas voller Jahre.

Ach ich bin hier ganz allein. Warum darf es überhaupt Nacht werden. Mindestens sollte die Zeit bei Mitternacht aufhören. Dann was nachher kommt zwischen Mitternacht und erstem Hahnenschrei –

Würde mich ein Mädchen lieben, wäre ich nie so betrunken. Herr Ulme, Herr Marktbrunnen.

Der Dichter hatte am Nachmittag eine Expedition unternommen, irgendwohin, nach einem entlegenen Stadtteil, wo ihn niemand kannte. Er war allein gewesen, in den Straßen, die in ihrer schrecklichen Eintönigkeit, sich [fortzusetzen schienen bis in das Unendliche, als wäre die ganze Welt in zahllose Quadrate eingeteilt.]

Vielleicht habe ich geschlafen, dachte er plötzlich, und die Zeit ist über meinem Schlaf fortgegangen.

Vielleicht ist das schon der Tag, an dem die ganze Welt wie ein riesiges Gefängnis in unzählige dieser Häuserquadrate eingeteilt sein wird. Und vielleicht zeigt hinten der weiße *(unl. Wort)* dort in der Helle des letzten Baues, schon das letzte Kornfeld. [Ach ja, vielleicht ist schon der Tag, wo wir alle Nahrung in kondensierten Pillen einnehmen.]

Das Signal in einer Fabrik rief. Andere antworteten. Und die Straßen füllten sich plötzlich aus tausend schmutzigen Torbögen. Er ließ sich von dem Strom treiben, durch ein paar Straßen weiter, und kam mit dem Heer der Arbeiter auf das Perron eines Bahnhofes.

Da überfiel ihn mit einem Male seine schreckliche Mutlosigkeit, wie ein Gespenst. Heut hielt ich die Krisis überwunden.

Wir werden die Meere sehen, die unermeßlichen Meere, den Taifun, und die untergehende Sonne, die auf den haushohen Wellen ein Alpenglühen entzündet bis weit in den Horizont.

Wir werden durch Inseln fahren durch unermeßliche Düfte, wir werden in die Urwälder steigen.

Wir werden die Nacht der Tropen genießen, die Geheimnisse der Städte und den Rausch der Gestirne.

Wir werden die Polynesierinnen erschauen, die nackt, geil, und schön sind wie der Tag.

Wir werden die Kraken in den Korallenlöchern sehen. –

Jeder Tag wird uns ein Gedicht eingeben.

> sind wir so traurig,
> warum sind wir so müde?
> Wollte uns jemand lieben,
> wollte uns jemand erlösen,
> zart wie die Lilie, träumerisch
> wie der Sommerabend, zärtlich
> wie Immergrün, schwermütig
> wie ein Herbstabend, jemand
> mit dunklen Augen, und
> feiner Stimme.
> Warum sind wir so traurig,
> warum sind wir so müde?

Wir haben die Fenster aufgetan. Der Schnee im Tale ist geschmolzen, die Weiden am Bache tragen das erste Grün, der Bach läuft in den Abend, wie eine feurige Straße. In den Abend, der lila und blaß ist, wie ein Kuß, in den Märzwind gehaucht. Das Füllhorn des Frühlings ruht auf einer rosafarbenen Wolke und sein Geruch flattert daraus hervor, destilliert aus den Essenzen der kommenden Blumen, aus dem Duft künftiger meilenweiter weißer Weizenfelder, aus der Wärme der Julisonne.

In deinem Haar hat sich die Sonne eingenistet. In deinem Haar, das mich vor der Sonne verbirgt.

Ich liege tief in einem goldenen Meer, die Sonne ganz oben, sie wird mich nie mehr erwecken.

Deine Küsse haben mich vergiftet. Deine Küsse haben mich zu Stein gemacht, und ich sinke immer tiefer, fühlst du nicht, wie ich sinke?

Eine Fratze

Unsere Krankheit ist unsere Maske.

Unsere Krankheit ist grenzenlose Langeweile.

Unsere Krankheit ist wie ein Extrakt aus Faulheit und ewiger Unrast.

Unsere Krankheit ist Armut.

Unsere Krankheit ist, an einen Ort gefesselt zu sein.

Unsere Krankheit ist nie allein sein können.

Unsere Krankheit ist, keinen Beruf zu haben, hätten wir einen, einen zu haben.

Unsere Krankheit ist Mißtrauen gegen uns, gegen andere, gegen das Wissen, gegen die Kunst.

Unsere Krankheit ist Mangel an Ernst, erlogene Heiterkeit, doppelte Qual. Jemand sagte zu uns: Ihr lacht so komisch. Wüßte er, daß dieses Lachen der Abglanz unserer Hölle ist, der bittere Gegensatz des: »Le sage ne rit qu'en tremblant« Baudelaires.

Unsere Krankheit ist der Ungehorsam gegen den Gott, den wir uns selber gesetzt haben.

Unsere Krankheit ist, das Gegenteil dessen zu sagen, was wir möchten. Wir müssen uns selber quälen, indem wir den Eindruck auf den Mienen der Zuhörer beobachten.

Unsere Krankheit ist, Feinde des Schweigens zu sein.

Unsere Krankheit ist, in dem Ende eines Welttages zu leben, in einem Abend, der so stickig ward, daß man den Dunst seiner Fäulnis kaum noch ertragen kann.

Begeisterung, Größe, Heroismus. Früher sah die Welt manchmal die Schatten dieser Götter am Horizont. Heut sind sie Theaterpuppen. Der Krieg ist aus der Welt gekommen, der ewige Friede hat ihn erbärmlich beerbt.

Einmal träumte uns, wir hätten ein unnennbares, uns selbst unbekanntes Verbrechen begangen. Wir sollten auf eine diabolische Art hingerichtet werden, man wollte uns einen Korkzieher in die Augen bohren. Es gelang uns aber noch zu entkommen. Und wir flohen – im Herzen eine ungeheure Traurigkeit – eine herbstliche Allee dahin, die ohne Ende durch die trüben Reviere der Wolken zog.

War dieser Traum unser Symbol?

Unsere Krankheit. Vielleicht könnte sie etwas heilen: Liebe. Aber wir müßten am Ende erkennen, daß wir selbst zur Liebe zu krank wurden.

Aber etwas gibt es, das ist unsere Gesundheit. Dreimal »Trotzdem« zu sagen, dreimal in die Hände zu spucken wie ein alter Soldat, und dann weiter ziehen, unsere Straße fort, Wolken des Westwindes gleich, dem Unbekannten zu.

Vorrede

Ob dieses Buch einige Resonanz finden wird, bezweifele ich trotz der liebenswürdigen *(unl. Wort).* Denn es ist nicht für eine Zeit geschrieben, die Scharlatane für Dichter hält, die untereinander einen Assekuranzvertrag auf gegenseitiges Wohlwollen geschlossen haben.

Ich setze zwei Beispiele dafür, auf welches reiche Verständnis ich gestoßen bin.

Nr. I. Ein Preßrezensent des Berliner Tageblatts äußert sich folgendermaßen:

Ich und George, George. So unglaublich es klingt, ja, George. Es ist wahr. Es ist wirklich wahr. Er hat es geschrieben.

Nr. II. Herausgeber des literarischen Käseblättchens, das sich – lucus a non lucendo – der Sturm betitelt, fällt folgendes lapidarische Verdikt: Sie forcieren sich, die deutsche Sprache, und Ihr lyrisches Empfinden um einen schablonenhaften Rhythmus und den Reim herauszubekommen.

Immerhin ist der Herr so großmütig mir einige Begabung zuzuerkennen: »Dies alles nur, weil Sie eine lyrische Begabung sind. Die Voraussetzung ist das einzige, was ich bisher bei Ihnen erkennen kann.«

Wenn er das gefunden hätte, würde er mir überhaupt nicht geschrieben haben.

Nur die Jungen gehen mit mir, die σύμμαχοι, die noch etwas *(unl. Wort)* haben, und noch nicht zu Bourgeois geworden sind, wie Herr Herwarth Walden trotz seiner goldlockigen Künstlermähne.

Ich bitte die Literaturprofessoren um Verzeihung, daß mir meine Begabung nicht gestattet mit Versen anzufangen

> Sie lagen in dem Maiengras
> und träumten still, ich weiß nicht was,

oder:

in das Blaue schweift mein Blick,
fänden wieder sie zurück,
etc.

daß ich auch nicht die Sehnsucht, die wie ein altes Huhn von tausend
Dichterlingen durch Tausende ihrer Produkte gehetzt wird.

Zu einer Vorrede

Zu einer Zeit, wo der sakrale Kadaver eines St. George und das überschminkte Frauenzimmer Maria Rilke auf dem nächtlichen Parnaß, vorm erstaunten Monde ein grünliches Marionettenspiel aufführen – während auf den Bänken davor, die gesamten jüdischen Literaturhistoriker ihre begeisterten Federn über das Papier spritzen lassen, – in dieser traurigen Zeit wag ich mich verstohlen mit einem kleinen Buche hervor, das vielleicht den Beifall der wenigen Freunde der Kunst finden wird, die nicht *(unl. Wort)* die Binger tönerne Pagode anbeten oder dem Prager Gecken seine Worte für Gedichte abkaufen.

Notizen zu einer Rezension

Ein Mann, namens Avenarius, von Beruf Wart der Kunst, nimmt es sich heraus, in seinem Käseblatt für literarische Geheimratstöchter den Dichter Karl May anzugreifen, und ihn als einen Schundliteraten seinem Leserkreise zu denunzieren. Karl May, dessen großartige Phantasie natürlich von diesem wöchentlichen Mist-Fabrikanten niemals begriffen werden kann.

Sein Hauptargument für die Inferiorität Mays ist, daß Karl May einige Jahre – hu, hu, als Schmuggler und Räuber gelebt habe, – eine Tatsache, die dem Dichter von vornherein das Wohlwollen eines anständigen Menschen sichert.